冥途

・本書の底本には、『冥途』（福武文庫一九九四年一月刊）を用いた。他収録作品には「山東京伝」「木霊」「流木」「蜥蜴」「支那人」「短夜「石畳」「疱瘡神」「白子」「波止場」「豹」の12篇がある。
・本書に今日の人権意識に照らして不適切と思われる語句や表現については、時代的背景と作品の価値とにかんがみ、原文を尊重しそのままとした。

目次

花火

私は長い土手を伝って牛窓《うしまど》の港の方へ行った。土手の片側は広い海で、片側は浅い入江である。入江の方から脊の高い蘆《あし》がひょろひょろ生えていて、土手の上までのぞいて居る。向うへ行く程蘆が高くなって、目のとどく見果ての方は、蘆で土手が埋まって居る。

片方の海の側には、話にきいた事もない大きな波が打っていて、崩れる時の地響きが、土手を底から震わしている。けれども、そんなに大きな波が、少しも土手の上迄《まで》上がって来ない。私は波と蘆との間を歩いて行った。

暫《しば》らく行くと土手の向うから、紫の袴《はかま》をはいた顔色の悪い女が一人近づいて来た。そうして丁寧に私に向いて御辞儀をした。私は見たことのある様な顔だと思うけれども思い出せない。私も黙って御辞儀をした。するとその女が、しとやかな調子で、御一緒にまいりましょうと云って、私と並んで歩き出した。女が今迄歩いて来た方へ戻って行くのだから、私は怪《あや》しく思った。丁度私を迎えに来た様なふうにものを言い、振舞う。しかし兎《と》も角《かく》もついて行った。女は私よりも二つか三つ年上らしい。

すると入江の蘆の生えている上に、大きな花火が幾つも幾つも揚がった。綺麗な色の火の玉が長い光りの尾を引いて、入江の水に落ちて行った。女がその方を指しながら、

「あの辺《あた》りはもう日が暮れているので御座います。早く参りましょう。土手の上で夜になると困りますから」と云った。

私はこんな入江に花火の揚がるのが、何だか昔の景色に似ている様に思われた。

段段行く内に蘆の脊が次第に高くなって来て、私の頭の上に小さな葉の擦れ合う音がするようになった。すると辺りが何となく薄暗くなって来て、土手が夜に這入《はい》りかけたらしく思われた。そうして海の上の空が、鮮やかな紅色に焼けて来た。暗くなりかけた浪《なみ》がしらに薄い紅をさして不思議な色に映えて来た。私はそれを見て、それから女を顧《かえりみ》た。女は沖の方を指しながら、

「沖の方も、もう日が暮れているので御座います。早くまいりましょう」と云った。

じきに、真赤に焼けていた空の色が何処《どこ》となく褪《あ》せかかって来た。入江の向うの遠くの方から、紙の焼けた灰の様なものが頻《しき》りに海の上の赤い空へ飛んだ。

「あれは海の蝙蝠《こうもり》で御座います。もうここも日が暮れるので御座います」と女が云った。

土手の上が暗くなって来た。私は心細くなった。浪の響や蘆の葉の音が私を取り巻いてしまった。女の淋《さび》しそうな姿丈《だけ》が、はっきりと私の眼に映っている。私はこの陰気な女と一緒に行って、碌《ろく》な事はない様な気がし出した。けれども一筋道の土手の上で、道連れを断るわけには行かないから、黙って歩いて行った。すると道の片側がぼうと明かるくなって来た。驚いてその方を振り向いて見たら、蘆の原の彼方此方《あちこち》に炎の筒が立っていて、美しい火の子がその筒の中から暗い所へ流れて出ては跡方もなく消えている。その辺りの空には矢張《やは》り花火がともったり消えたりしていた。花火の火の玉が蘆の中に落ちたんだろうと、その景色に見惚《みと》れながら私は思った。

「左様で御座います。今にここいら一面に焼けて参りますから、早くまいりましょう」と女が云った。

土手の妙な所から、女が入江の側に下りて行った。私もその後をついて下りた。もう向うには、牛窓の港の灯がちらちら光っているのに、女と離れられない。私はその灯を見ながら、女について行ったら、浅い砂川のほとりに出た。女がそのほとりを足早に伝って行った。暫らく行くうちに、砂川はじき消えてしまって、長い廊下の入口に出た。女がそこへ私を案内して這《は》入《い》った。私はもう行くまいと思い出した。そう思って女の方を見ると、女は涙をためた目でじっと私の方を見ながら黙っている。私は引き込まれる様な気持がして、

女について行った。

廊下を歩いて行くと、段段狭く暗くなって、足もともわからなくなった。何処かで廊下の曲がった時、向うの端にぼんやりしたカンテラの柱にともって居るのが見えた。その光りが廊下の板にうるんだ様に流れていた。女と私が次第に押しつけられる様になって来た。私は段段息苦しくなって、もう帰り度《た》いと思った。女が私をこんな所へ連れて来たわけが、次第に解って来た様に思われ出した。私は早く土手の上で別かれればよかったと思った。すると左側に広い白《し》ら白《じ》らした座敷のある前に来た。まだ日が暮れては居なかったと思って、私はほっとした。その次にもまたも一つ座敷があった。その座敷の本当の真中に、見台《けんだい》

がきちんと据えてあって、その上に古びた紙の帳面が一冊広げてあった。私が何の気もなくその方を見ていると、女が、それを読んでくれれば何もかもわかると云う様な風に見えた。私はあわてて、目を外《そ》らしてその前を行き過ぎた。何だか非常に怖いものに触れかけた様な気持がして心が落ちつかない。向うに縁があって、手水鉢《ちようずばち》の上に、手拭《てぬぐい》がひらひら舞っている。私はその手拭掛の下まで来て、ぼんやり立っていた。もう帰ろうと思った。すると女が私の前に跪《ひざまず》いて、しくしく泣きながら私の顔を見た。

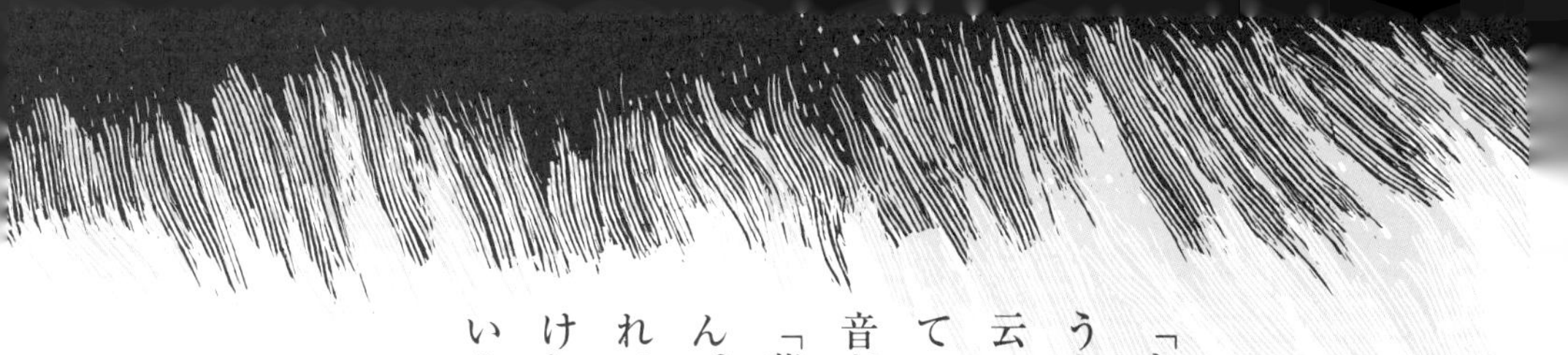

「もう土手は日がくれて真暗で御座います。どうかもう少し私の傍に居て下さいませ」と女が云った。私は黙って、帰る事を考えながら立っていた。何処かでさあさあと云う風の渡る様な音が頻《しき》りに聞こえた。

「蘆の原に火がついて、もう外へは出られません。あれは蘆の茎が何千も何万も一度に焼け割れている音で御座います」と女がまた云った。けれども私は帰ろうと思った。こんな女の傍にいるのは恐ろしい。

すると女がまた云った。「土手は浪にさらわれてしまいました。もう御帰りになる道は御座いません」

そう云ってしまうと、俄《にわか》に大きな声を出して泣き始めた。そうして、顔を縁にすりつける様にうつ伏せになって、肩の辺りを慄《ふる》わせた。女の上で、手拭掛の手拭がひらひらしている。私はその間に帰ろうと思って、そこからもとの廊下に引返しかけた。その時に、私はふと縁にうつ伏せになっている女の白い襟足《えりあし》を見入っていた。女は顔も様子も陰気で色艶《いろつや》が悪いのに、襟足丈は水水していて云いようもなく美しい。私は、不意に足が竦《すく》んで、水を浴びた様な気持がした。私はこの襟足を見た事があった。十年昔だか二十年昔だかわからない、どこかの辻でこの女に行き会い、振り返ってこの白い襟足を見た事があった。ああ、あの女だったと私が思い出す途端に、女がいきなり追っかけて来て、私のうなじに獅噛《しが》みついた。

「浮気者浮気者浮気者」と云った。

私は足が萎《な》えて逃げられない。身を悶《もだ》えながら、顔を振り向けて後を見ると、最早《もはや》女もだれもいなかった。それのに、目に見えないものが私のうなじを摑《つか》み締めていて、私は身動きも出来ない、助けを呼ぼうと思っても、咽喉《のど》がつかえて声も出なかった。

尽頭子
じんとうし

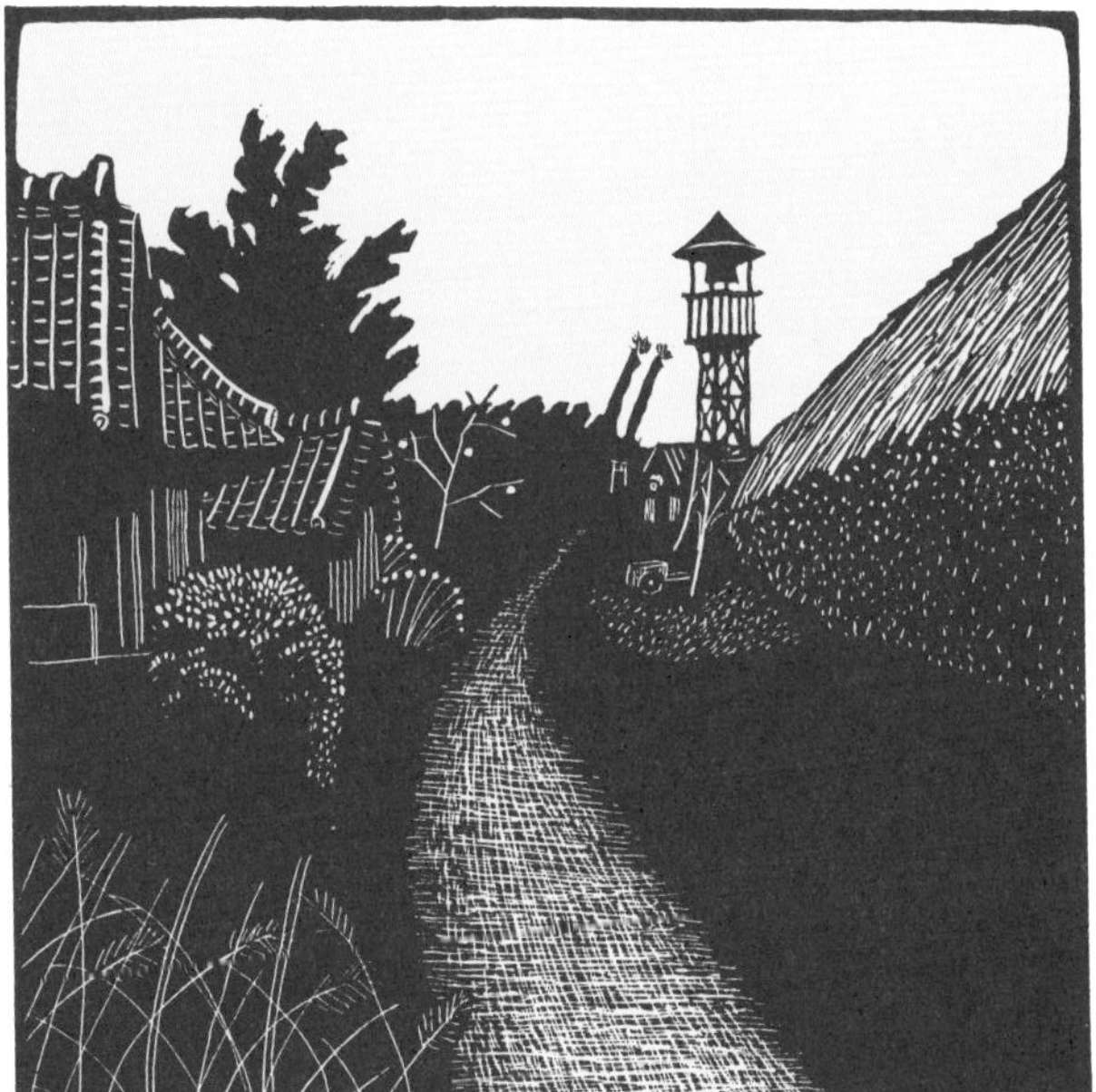

女を世話してくれる人があったので、私は誰にも知れない様に内を出た。その女が、だれかの妾《めかけ》だと云う事は、うすうす解《わか》っていた。人の一人も通っていない変な道を、随分長い間歩いて行ったら、その家の前に来た。二階建《だて》の四軒長屋の左から二軒目の家である。左が北だと云うこと丈《だけ》は、どう云うわけだか、ちゃんと知れていた。内に這入《はい》ったら、すぐに座敷へ通された。馬鹿に広い座敷で、矢張《やは》り何となく白けている。その座敷の真中に、たった一人だけで坐っているのは、あんまり気持がよくない。無闇に顔が引釣るらしい。顔を洗ってよく拭かずに、そのまま乾《かわ》かしている様な気持がする。大分たってから、そこで御飯を食う事になった。大方晩飯だろうと思う。女がお給仕《きゅうじ》をしてくれた。広い座敷の真中に坐っているのが、どうも気に掛かって、何だか落ちつかないのだが、仕方なしに女の顔を見ながら、飯を食っていた。女は滅多に話しもしない、私も別に云う事はないから、黙っていた。顔の輪郭などは、はっきりしないけれども、いい女だと思った。ただ時時白い手を動かした。少しふくらんだような手の恰好が、はっきりと見えて、私の心を牽《ひ》いた。ところが、始めの内はよく解らなかったけれども、女はその白い手の甲で自分の鼻の頭を、人の目を掠《かす》めるようにすばしこく、頻《しき》りにこすっては知らぬ顔をしている。いやなことだから、よして貰いたいと思ったけれども、云っては悪かろうと思って、黙っていた。狐《きつね》と一緒にいる様な気がし出した。

暫らくそうして坐っていた。御飯も、ただいい加減に食っていた。段段外が暗くなって、夜

になりそうに思われた。変な手付きをするのが気にかかるけれども、女が可愛くなって来た。すると、いきなり表の格子戸《こうしど》が開いて、旦那が帰って来た。私は呼吸《いき》が止まる程に吃驚《びっくり》して、うろたえた。逃げることも出来ないし、隠れようたって、家の様子がわからない。捕まったら大変だと思って泣きそうになった。女は矢張り坐ったまま、白い手を二三度鼻の尖《さき》に持って行った後で、こう云った。

「皿鉢小鉢てんりしんり、慌《あわ》ててはいけません。私がいいようにして上げますから落ちついているといいわ」

そう云ったのだろうと思うけれども、始めの方に云ったのは、何のことだか解らない。その内に、旦那が一人の男を従えて、上がって来た。私の方を、じろりじろりと見ているらしい。私は圧《お》しつぶされる様な不安を感じながら、お膳の前に坐ったまま、お辞儀をしようか、逃げようかと考えていた。すると、女が旦那に向かって、

「この人がまた今日お弟子入りに来ました。それで、今御飯を上げたところです」と云った。

「有りがとう御座いました」と私は云って、お辞儀をした。旦那はそれを聞くと、そのまますうと、二階へ上がってしまった。長い顔で恐ろしく色が青い。目の縁に輪が立って、甚《はなは》だ不機嫌な様子をしている。その後から又、旦那の後についていた男が、陰気な顔をして、私をじろりと見た。その男は旦那の弟に違いない。同じ様に長い顔をして、目の縁に輪を立てている。

そうして矢張り旦那の通りに不機嫌な様子をして、二階に上がってしまった。それから、その男の後を追うようにして、女もまた二階に上がってしまった。私はほっとして溜息《ためいき》を吐《つ》いた。それから立ち上がって、ふらふらと縁側の方に出て行った。泉水の中に団子の様な金魚が泳ぎ廻っている。大分暗くなっていて、遠くの方はもう見えない。淋《さび》しく物悲しくなってしまった。飛んでもない所へ来て、困った事になったと思った。何の弟子になるんだか、ちっとも見当がつかない。女に確めて置きたいけれども、一緒に二階へ行ってしまったから、どうする事も出来ない。外《ほか》の者のいるところで、そんな事を聞いたら、すぐに事がばれてしまうだろう。すっかり解っているような顔をしていなければならないのは困ると思った。一《いっ》そのこと、逃げてしまおうかとも考えたけれど、そんな事をしたら後で女が困るにちがいない、それも可哀想だから止《よ》そうと思った。全体旦那の商売が解らないけれども、あんな顔をしている位だから、どうせ碌《ろく》なものではないに極《き》まっていると思った。

縁端で困っていると、二階から弟と女が降りて来た。二人とも私の前に並んで坐った。弟が懐《ふところ》から赤い紙を出して、

「それでは」と云った。「こう云う号をつけて上げるから、そのお積りで」

「いい号がつきました事、お礼を仰《おっ》しゃい」と女が傍から云った。

「有り難う御座います」と云って、私はその赤い紙に書いてある字を読んだ。「尽頭子《じんとうし》」と書いてある。何の事だか解らない。もとの通りにその赤い紙を畳んで、大事に懐に入れて置いた。そうして女の方を見た。気がついて見ると、もうさっきの様な手付きはしていない。事によるとあれは始めて会って極りがわるいから、胡魔化《ごまか》していたのかも知れない。今はただ、ぼうとした様子で坐っている。何か云ってくれればいいと思うけれども、なんにも云ってくれない。弟もただそこに坐っている計《ばか》りである。号をつけてくれた限《き》りで、知らん顔をしている。どうしていいんだか丸っきり解らない。この上、弟の方から何か云い出されたら、迚《とて》も辻褄《つじつま》を合わしていられなくなって仕舞うに違いないから、早く今の内に座を外《はず》そうかと思う。けれども矢張りどうかして、もう少し様子を探って、凡《およ》その見当丈はつけて置く方がいいだろうかとも考えた。腹の中で、うろうろ迷っている内に、女はすうと立ち上がって、又二階へ行ってしまった。弟と二人限《き》りになっては、いよいよ気づまりだから、私は何かちっとも係《かか》り合《あ》いのない世間話でもして、この場を胡魔化したいと思った。何を云い出そうかと考えていると、その男はふらふらと立ち上がって、何処《どこ》からか大きな箱を持って来た。石油箱の様な恰好《かっこう》で、またその位な大きさで、手習の反古《ほご》の様な紙がべたべたに貼り詰めてある。その蓋をあけて、中から汚いむくむくした古綿の様なものを摑《つか》み出して、

「少し揉《も》んで置こう、君も手伝え、尽頭子」と先生の弟が云った。

云う事が馬鹿に横柄になったのに驚きながら、

「はい」と答えたけれども、何をするんだかわからない。箱の中に手を突込んで、一掴《ひとつか》み掴み出して見ると、綿ではなくて艾《もぐさ》であった。それを、私の前に坐ってい る先生の弟は、片手の指尖《ゆびさき》で千切《ちぎ》っては揉んで、梅干位な大きさの団子を幾つも幾つも拵《こしら》えている。

「尽頭子」と彼が云った。「そんな恰好では、すぐに落ちて仕舞うではないか、気をつけなさい」

それでもう先生の弟は怒っている。どんな顔と云うことは出来ないけれども、何となく怒った様な顔になってしまった。私は当惑して、どうしたらこの場を胡魔化せるだろうと、はらはらしていると、二階で人の動く物音がし出した。私の女は二階で何をしているのだろうかと思い出したら、又それが気になって堪《たま》らない。好《い》い加減に艾を揉んでいると、先生の弟は不意に立って、何だか怒ったらしい様子で、向うへ行ってしまった。もう大方日が暮れて仕舞いそうである。泉水の中の金魚は、いやに赤い色を帯びて来て、薄暗い水の中に浮いたり沈んだりしている。家の中の様子が変に陰気で、薄気味がわるい。こんなにしていて、無闇

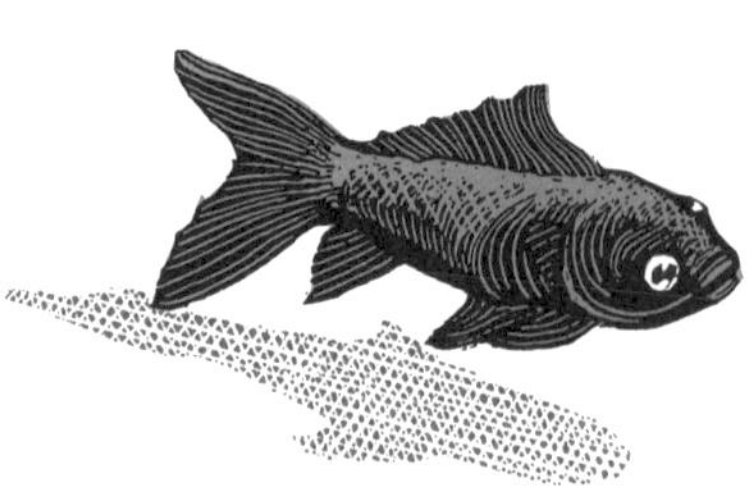

に艾を揉んでいて、つまりは大変な事になりそうで心配で堪らないから、もう一切思い切って、逃げて帰ろうかと思っていると、女が来た。

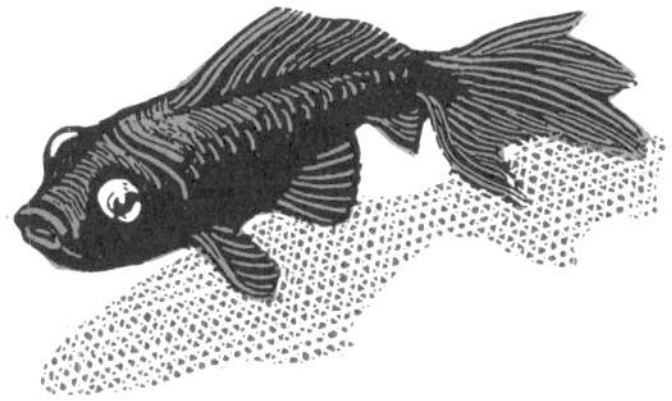

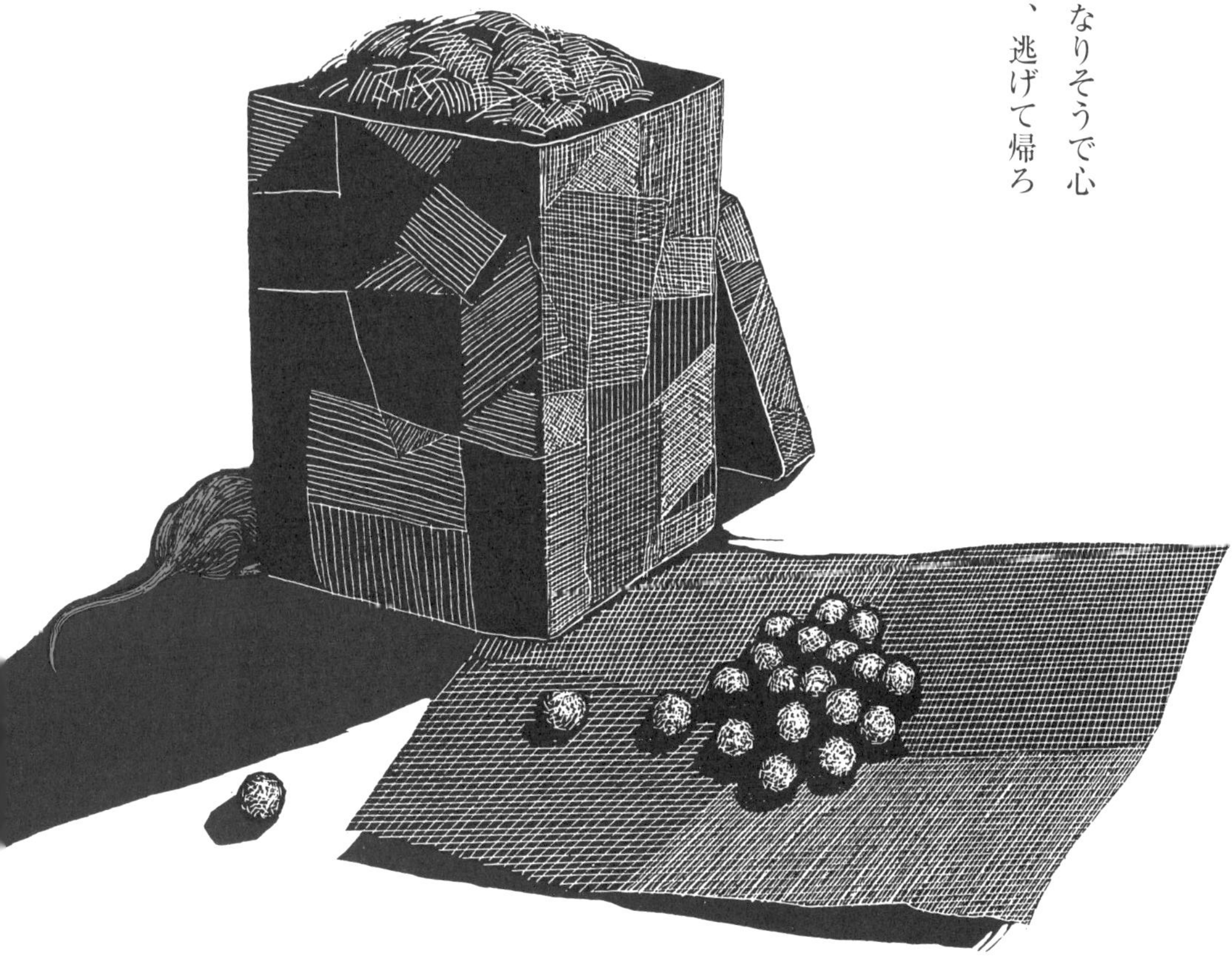

「私はもう帰りたい」と私が云った。

「いけませんよ。今夜は泊ってくのかと思ったのに」と云って、白い手を、にゅっと私の方に出した。私がもじもじしていると、女はその手をそのまま私の膝の上に置いた。手の触れているところが、温かいのだか、冷たいのだかよくわからない。

「今夜はねえ、先生はまた出かけますから、途中から抜けて帰っていらっしゃい。貴方《あなた》は私を忘れてはいないでしょうね」と云った。そう云われて見ると、昔、何かこの女にかかり合いのあった様な気もするけれど、何だか解らない。「じゃそうしよう。けれども――」と云いかけたら、女は私の膝の上に置いた手を急に引込めて、

「心配しないでもいいのよ」と云った。

「けれども、先生がまた帰るだろう」

「いいえ、今夜は大方夜明迄据《す》えても、まだ済まない位だから大丈夫よ」

「据えるって、どうするんだ。先生は何をする人だい」とやっと尋ねた。

「先生は馬のお灸《きゆう》を据える先生だわ」と女が平気で云った。

「馬のお灸――」と云ったなり、私は声が出なくなって仕舞った。馬にお灸なんか据えたら、馬がどんな顔をするだろうと思った。あの、人間の眼の通りな形をした大きな目玉が、どんなに人を睨《にら》むかも知れないと思った。そう思って見た丈で、もう恐ろしくて堪らなくなった。

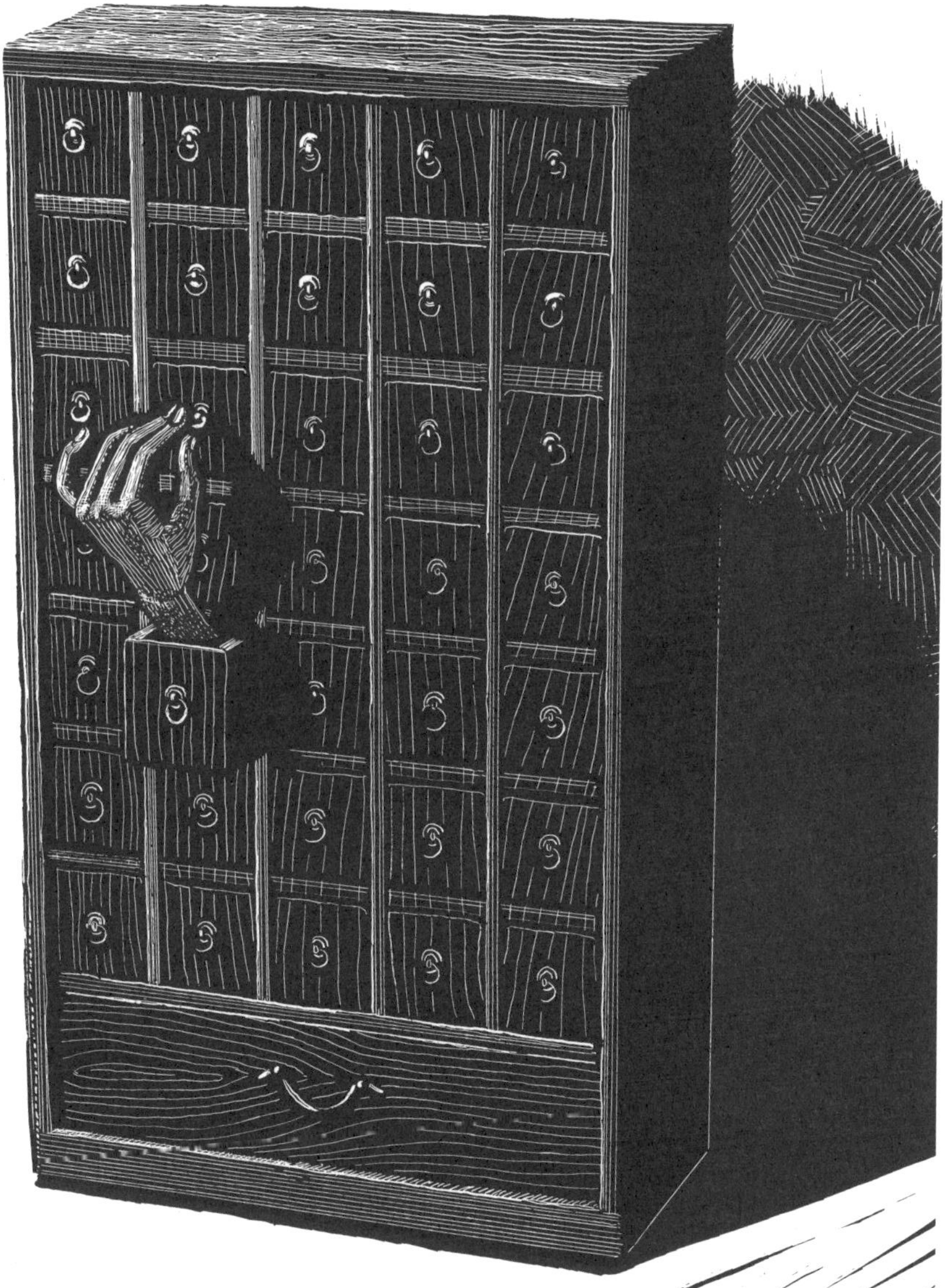

すると二階から、先生が下りて来た。後から先生の弟が、鞄を提げてついて下りた。女は立って、向うの方に行っている。
「お前は提灯《ちょうちん》を持って来い、尽頭子」と先生が云った。
「ちっとも揉めていない。何をしていたか」と先生の弟が同じ様な声で云った。私は、もう女の事が知れたのではないかと思って、ぎょっとした。先生の弟は、そう云ったき

りで、黙ってしまって、自分で艾を鞄に詰めて、それからみんなで出かけた。女が提灯に灯を点して、私に渡した。外はもう真暗だった。幅の広い淋しい道を、私は二人の先に立って歩いて行った。

道には石炭殻が敷いてあった。道の片側には何処まで行っても尽きない黒板塀《くろいたべい》が同じ様に続いていた。塀が高くて、提灯の明りは上の方まで届かなかった。道にちらかった石炭殻のかけらの角に灯が射して、黒い道がきらきらと光る事があった。先生も先生の弟も、途途《みちみち》一言も口を利かなかった。

その道をどの位歩いたか解らない。やっと黒板塀が切れたと思ったら、道が曲がった。そうして恐ろしく大きな家の前に出た。雨天体操場の様な恰好で、トタン屋根らしかった。中は真暗がりで何も見えない。

「尽頭子提灯を持って先に這入《はい》れ」と先生が云った。私が提灯を持って、その家の中に這入りかけると、不意に大きな風が吹いて、屋根の上を渡った。その途端に、屋根の下の暗闇の中で、何百とも知れない小さな光り物が、黒い炎を散らした様に、一時にぎらぎらと光った。それを見て、私は提灯を取り落とす程吃驚《びっくり》した。馬の目が光ったのだなと気がついた時には、家の中はもとの通りの暗闇で、馬が何処にいるんだか見当もつかなかった。風も止《や》んでいた。

「何をして居るか尽頭子」と先生が云った。

私はうろたえて、提灯を持ち直した。もう恐ろしくて、歯の根が合わない。呼吸の詰まる様な思いをして、暗い家の中に這入って行った。提灯の薄暗い明りで透かして見ると、奥の方の暗闇に、大きな馬が数の知れない程押し合っているらしい。先生の弟が一人で、つかつかと奥の方へ歩いて行った。どうするのだろうと思って、後を見送っている時、また一陣の風が立って、屋根の棟を吹き渡った。すると暗闇の中にいる馬の大きな目が、さっきの通りに光りを帯びて、爛爛《らんらん》と輝き渡ると同時に、その時馬の間に立っていた先生の弟の姿が、燃えたっている

馬の目の光りで、暗闇の中にありありと浮かび出た。その顔を一目見たら、私は夢中になって悲鳴をあげた。いきなり提灯を投げすてたまま、知らない道を何処までも逃げ走った。もう女どころではなかった。先生の弟は馬の顔だった。

烏

私は長い遍路の旅をして来た。毎日毎日、磯を伝ったり、峠を越えたりしたけれども、何時《いつ》まで行っても道は尽きなかった。

或る日の夕暮れに、私は長い浜の街道を伝って行った。その街道を行きつくした所に、小さな船着の町のあることを私は知っていた。色の濃い波が、頻《しき》りに海の上を走っていた。海の向うに毛物の形をした山が、巨《おお》きな顎《あご》を海峡に浸して潮を飲んでいた。私は、その山を一日眺めて来たけれども、何処まで行っても山の姿は変らなかった。日が暮れかかって、海の上が薄暗くなると、急にその山の色が濃く見え出したのが、何となく無気味に思われた。

街道の片側には嶮《けわ》しい崖《がけ》が迫っていた。崖のところどころに雑木の叢《くさむら》があって、その中から名の知れない真赤な花が、焰《ほのお》を投げ散らした様に咲き列《つらな》っていた。街道は崖と海との間の白い筋になって、何処までも長く延びていた。あたりが暗くなるにつれて、その白い筋の先が、次第に消えて見えなくなるのが心細かった。

日が暮れてしまってから、まだ私は浜の道を伝っていた。そうして漸《ようや》く船着の町に這入《はい》って行った。暗い往来の所所に店屋の灯《あか》りが流れて、道を歩く人の顔を、時時明かるみに浮かしているのが非常に淋しく思われた。

私は四辻にある宿屋に這入って行った。這入った所の庭が妙に広くて、黒い土はしとしとと濡れていた。家の中が森閑としていて、洋灯《ランプ》の暗いのが気になった。奥の方から若い女が出て来て私を二階の座敷につれて行った。

恐ろしく天井の高い座敷だった。床の間に得体の知れない置物が据えてあって、どんなに見ても何の形だかわからなかった。障子をあけて見たら、少し離れたところに山でもあると見えて、真暗な空に散った星の光の暗く消されている所があった。

それとも雲が出て来たのだろうかとも思ったけれど、いくら眺めてもなんにも見えなかった。

それから私は精進《しょうじん》の飯を食った。飯を食い終った頃、私の隣り座敷に客の這入った気配《けはい》がした。そうして頻《しき》りに包みか何かを解いている様な物音が聞こえて来た。すると、不意に隣りの座敷で、烏《からす》が苦しそうな籠《こも》った声で二三度鳴いた。それから、ばたばたと羽搏《はばた》きするのを、無理に圧《おさ》えている様な物音がしたので、私は非常に驚いたけれども、それから後は、また包みを解くような物音が、折折聞こえる計《ばか》りであった。

飯を終った後で、私は風呂に這入った。下に降りて、庭下駄を穿《は》いて裏に出たところに、汚い風呂が据えてあった。湯に浸《つ》かって、じっとしていると、何処《どこ》か遠くで、犬のびょうびょうと吠える声が聞こえた。それから、微《かす》かに浪《なみ》の崩れる音がしたと思って、耳を澄まして見たけれど、もうそれきり何も聞こえなかった。

誰か風呂の外を通る者があった。手に持って行く灯りが、たてよせた戸の隙間から、風呂の中に射《さ》した。その後からまた一人の足音が通った。そうして風呂場の裏の方に行って立ち止まった。

すると、また不意に、烏の苦しそうな鳴き声が聞こえた。

「どうなさるのです」と宿の女の声が云った。

「こうして生きてるうちに羽根を拗《むし》らないとうまく抜けないのだ」と云う男の声が聞こえた。

私は湯の中にいて、何故か頻りとわけもない事に心の急ぐ様な気持がした。烏の殺される悲鳴が二三度続け様に聞こえた。

私は部屋に帰ってほっとした。何でもない事だと思うのだけれども、矢《や》っ張《ぱ》り恐ろしかった。隣りの男の顔が、色色な形になって、私の目の前をちらついた。不思議な事にはその顔が、どれもこれも、みんな片目だった。

間もなく男の足音が梯子段《はしごだん》を上がって来た。私は耳を澄まして、様子を窺《うかが》っていた。男は隣

りの部屋に這入って、何だか頻りに、ことことと小さな音をさせていた。女が床をとって行った後でも、私はまだ長い間じっと起きていた。隣り座敷に女が急がしく出たり這入ったりする物音が聞こえた。その間に、時時、皿や鉢の搗《か》ち合う音が混じった。女が頻りに出這入りしても、隣りの男は一言も口を利《き》かなかった。

寝床に這入ってからも、中中眠られなかった。何時《いつ》までも隣り座敷の気配が気にかかった。漸《ようや》く眠ったと思うと何とも知れない非常に大きな音がして目がさめた。そうして目が覚めて見ると四辺《あたり》はしんとして、何の物音もしなかった。隣り座敷もひっそりしていた。ただ遠くの方に、時時犬の吠える声が聞こえた。犬は吠えながら走っているらしかった。同じ声が、吠える度《たび》に、違った方角で聞こえた。そのうち、不意に宿屋の前に来て、びょうびょうと吠えると思ったら、すぐに止《や》めた。そうして今度は又思いもよらない遠くの方に、びょうびょうと吠える声が微《かす》かに聞こえた。私は恐ろしく早い犬の吠え声を何時までも追うて眠らなかった。

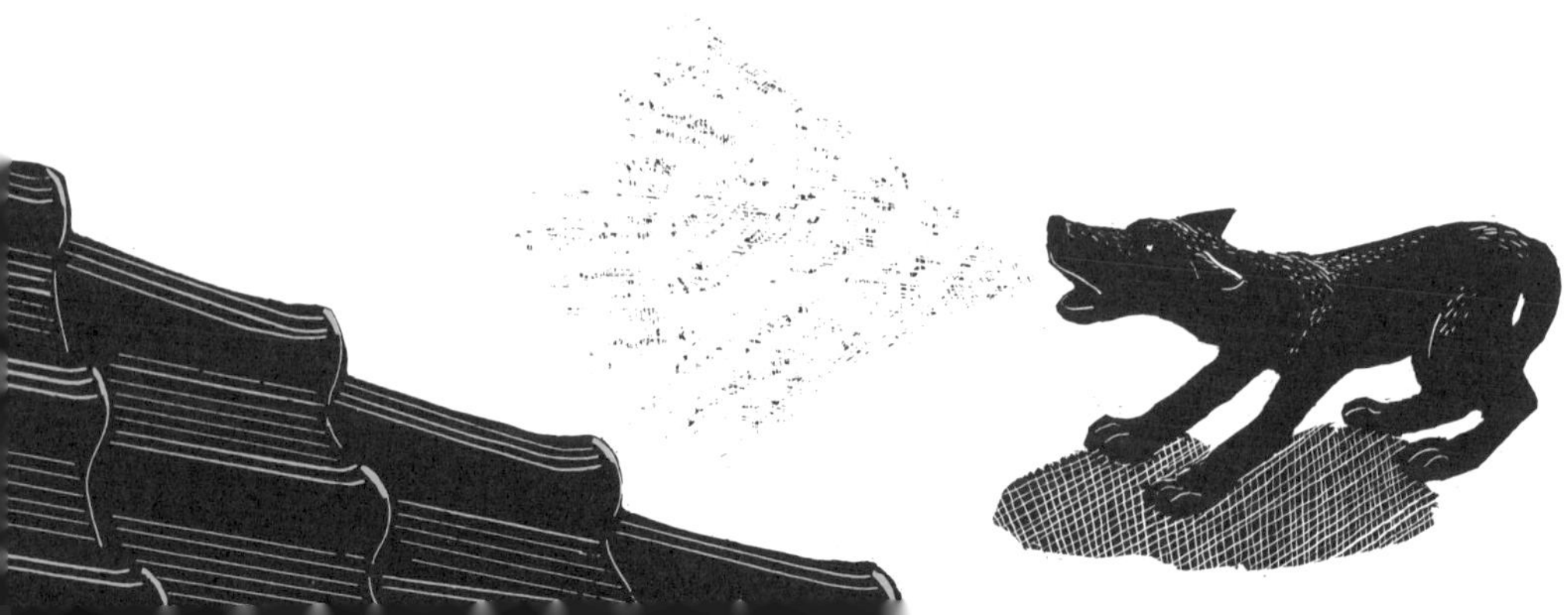

件《くだん》

黄色い大きな月が向うに懸《か》かっている。色計《ばか》りで光がない。夜かと思うとそうでもないらしい。後《うしろ》の空には蒼白い光が流れている。日がくれたのか、夜が明けるのか解らない。黄色い月の面を蜻蛉《とんぼ》が一匹浮く様に飛んだ。黒い影が月の面から消えたら、蜻蛉はどこへ行ったのか見えなくなってしまった。私は見果てもない広い原の真中に立っている。軀《からだ》がびっしょりぬれて、尻尾の先からぽたぽたと雫《しずく》が垂れている。件《くだん》の話は子供の折に聞いた事はあるけれども、自分がその件になろうとは思いもよらなかった。からだが牛で顔丈《だけ》人間の浅間《あさま》しい化物に生まれて、こんな所にぼんやり立っている。何の影もない広野の中で、どうしていいか解らない。何故《なぜ》こんなところに置かれたのだか、私を生んだ牛はどこへ行ったのだか、そんな事は丸でわからない。

そのうちに月が青くなって来た。後の空の光りが消えて、地平線にただ一筋の、帯程の光りが残った。その細い光りの筋も、次第次第に幅が狭《せば》まって行って、到頭消えてなくなろうとする時、何だか黒い小さな点が、いくつもいくつもその光りの中に現われた。見る見る内に、その数がふえて、明りの流れた地平線一帯にその点が並んだ時、光りの幅がなくなって、空が暗くなった。そうして月が光り出した。その時始めて私はこれから夜になるのだなと思った。今光りの消えた空が西だと云う事もわかった。からだが次第に乾いて来て、背中を風が渡る度《たび》に、短かい毛の戦《そよ》ぐのがわかる様になった。月が小さくなるにつれて、青い光りは遠くまで流れた。水の底の様な原の真中で、私は人間でいた折の事を色色と思い出して後悔した。けれども、その仕舞《しまい》の方はぼんやりしていて、どこで私の人間の一生が切れるのだかわからない。考えて見ようとしても、丸で摑《つか》まえ所のない様な気がした。私は前足を折って寝て見た。すると、毛の生えていない顎に原の砂がついて、気持がわるいから又起きた。そうして、ただそこいらを無闇に歩き廻ったり、ぼんやり立ったりしている内に夜が更《ふ》けた。月が西の空に傾いて、夜明けが近くなると、西の方から大浪の様な風が吹いて来た。私は風の運んで来る砂のにおいを嗅《か》ぎながら、これから件に生まれて初めての日が来るのだなと思った。すると、今迄うっかりして思い出さなかった恐ろしい事を、ふと考えついた。件は生まれて三日にして死し、その間に人間の言葉で、未来の凶福を予言するものだと云う話を聞いている。こんなものに生まれて、何時《いつ》迄生きていても仕方がないから、三日で死ぬのは構わないけれども、予言するのは困ると思った。第一何を予言するんだか見当もつかない。けれども、幸いこんな野原の真中にいて、辺《あた》りに誰も人間がいないから、まあ黙っていて、この儘《まま》死んで仕舞おうと思う途端に西風が吹いて、遠くの方に何だか騒騒しい人声が聞こえた。驚いてその方を見ようとすると、又風が吹いて、今度は「彼所《あすこ》だ、彼所《あすこ》だ」と云う人の声が聞こえた。しかもその声が聞き覚えのある何人かの声に似ている。

それで昨日の日暮れに地平線に現われた黒いものは人間で、私の予言を聞きに夜通しこの広野を渡って来たのだと云う事がわかった。これは大変だと思った。今のうち捕まらない間に逃げるに限ると思って、私は東の方へ一生懸命に走り出した。すると間もなく東の空に蒼白い光が流れて、その光が見る見る内に白けて来た。そうして恐ろしい人の群が、黒雲の影の動く様に、此方《こちら》へ近づいているのがありありと見えた。その時、風が東に変って、騒騒しい人声が風を伝って聞こえて来た。「彼所だ、彼所だ」と云うのが手に取る様に聞こえて、それが矢《や》っ張《ぱ》り誰かの声に似ている。私は驚いて、今度は北の方へ逃げようとすると、又北風が吹いて、大勢の人の群が「彼所だ、彼所だ」と叫びながら、風に乗って私の方へ近づいて来た。南の方へ逃げようとすると南風に変って、矢っ張り見果てもない程の人の群が私の方に迫っていた。もう逃げられない。あの大勢の人の群は、皆私の口から一言の予言を聞く為に、ああして私に近づいて来るのだ。もし私が件でありながら、何も予言しないと知ったら、

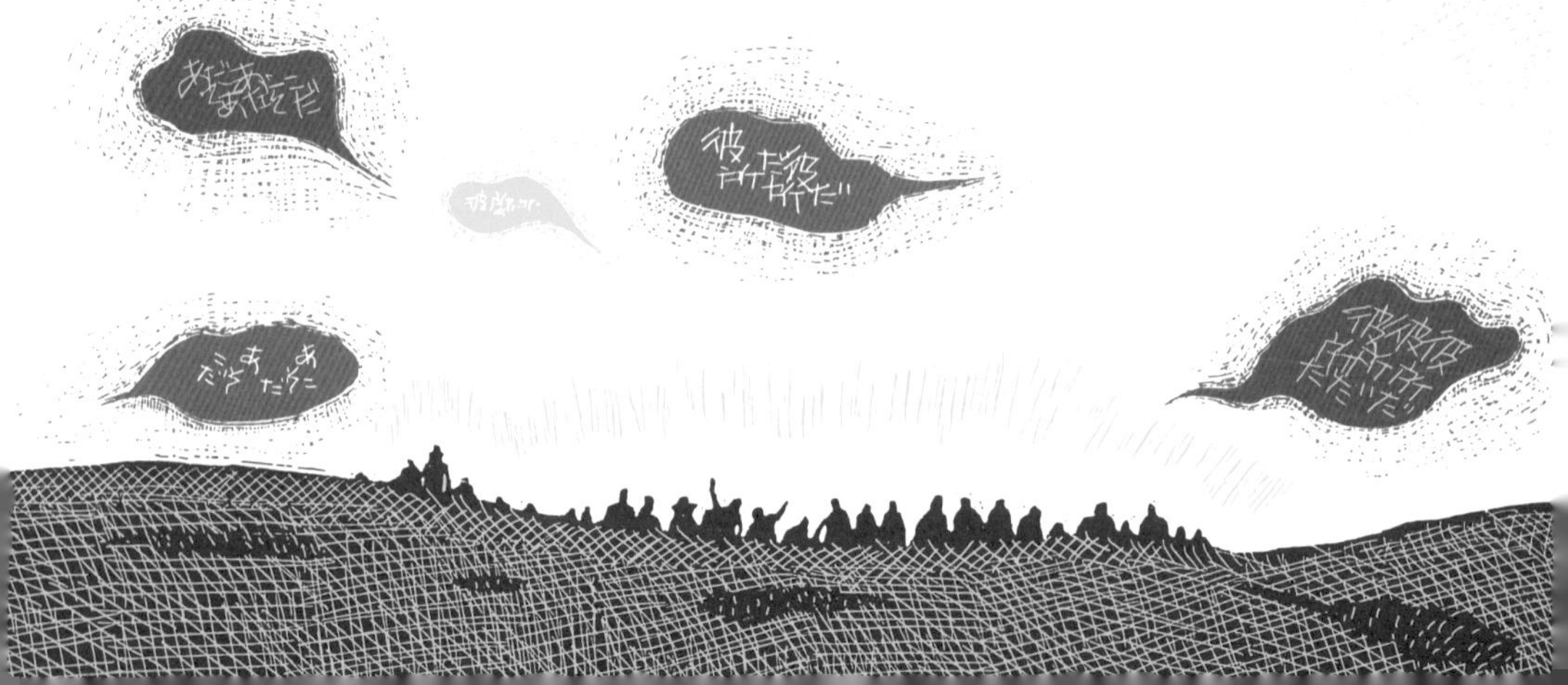

彼等はどんなに怒り出すだろう。三日目に死ぬのは構わないけれども、その前にいじめられるのは困る。逃げ度《た》い、逃げ度いと思って地団太《じだんだ》をふんだ。西の空に黄色い月がぼんやり懸かって、ふくれている。昨夜の通りの景色だ。私はその月を眺めて、途方に暮れていた。

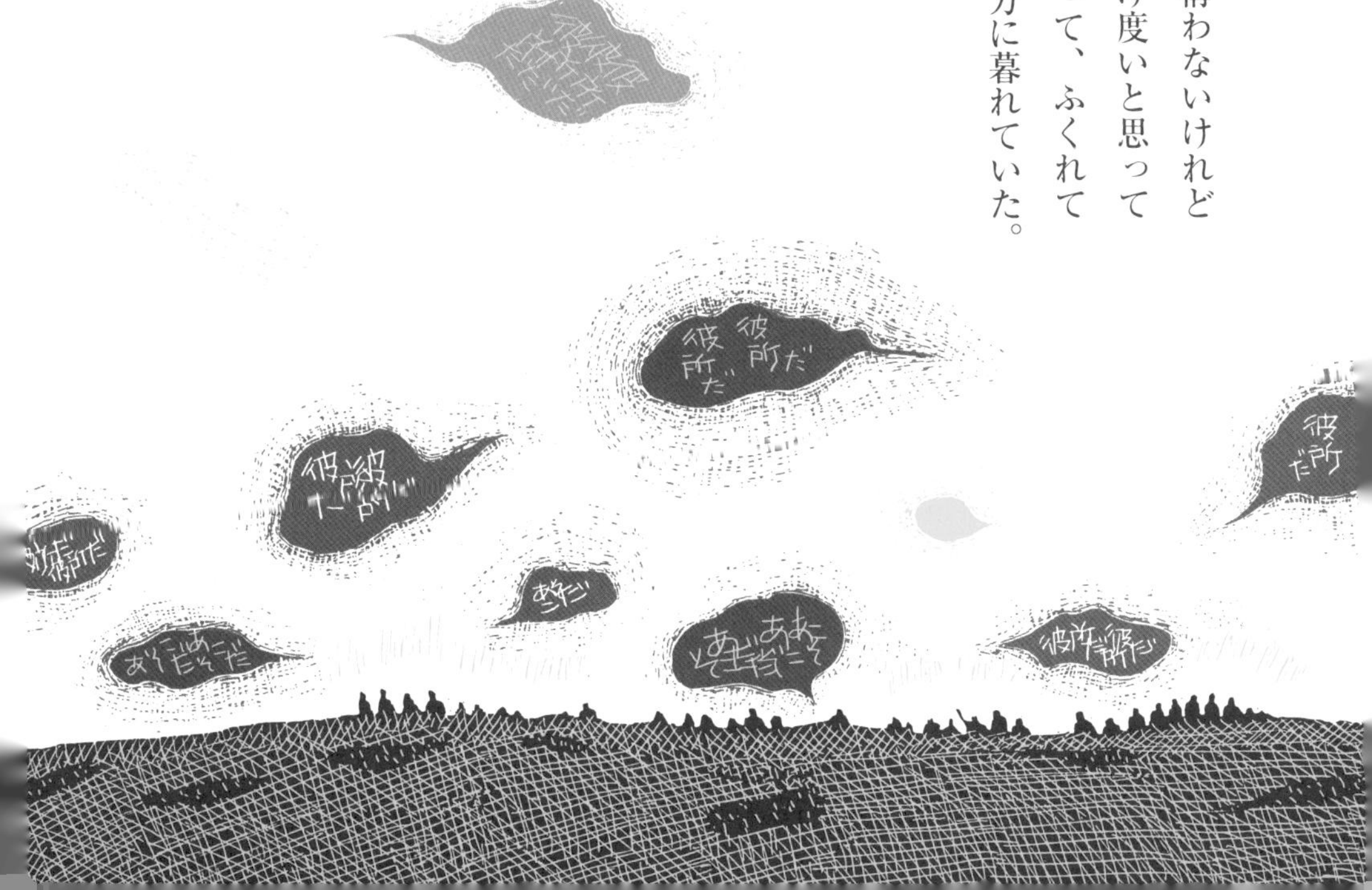

夜が明け離れた。

人人は広い野原の真中に、私を遠巻きに取り巻いた。恐ろしい人の群れで、何千人だか何万人だかわからない。其中《そのなか》の何十人かが、私の前に出て、忙しそうに働き出した。材木を担《かつ》ぎ出して来て、私のまわりに広い柵をめぐらした。それから、その後に足代《あししろ》を組んで、桟敷《さじき》をこしらえた。段段時間が経って、午頃《ひるごろ》になったらしい。私はどうする事も出来ないから、ただ人人のそんな事をするのを眺めていた。あんな仕構えをして、これから三日の間、じっと私の予言を待つのだろうと思った。なんにも云う事がないのに、みんなからこんなに取り巻かれて、途方に暮れた。どうかして今の内に逃げ出したいと思うけれども、そんな隙もない。人人は出来上がった桟敷の段段に上って行って、桟敷の上が、見る見るうちに黒くなった。上り切れない人人は、桟敷の下に立ったり、柵の傍に蹲踞《かが》んだりしている。暫《しば》らくすると、西の方の桟敷の下から、白い衣物を着た一人の男が、半挿《はんぞう》の様なものを両手で捧《ささ》げて、私の前に静静と近づいて来た。辺《あた》りは森閑と静まり返っている。その男は勿体《もったい》らしく進んで来て、私の直ぐ傍に立ち止まり、その半挿を地面に置いて、そうして帰って行った。中には綺麗な水が一杯はいっている。飲めと云う事だろうと思うから、私はその方に近づいて行って、その水を飲んだ。

すると辺りが俄《にわか》に騒がしくなった。「そら、飲んだ飲んだ」と云う声が聞こえた。

「愈《いよいよ》飲んだ。これからだ」と云う声も聞こえた。

私はびっくりして、辺りを見廻した。水を飲んでから予言するものと、人人が思ったらしいけれども、私は何も云う事がないのだから、後を向いて、そこいらをただ歩き廻った。もう日暮れが近くなっているらしい。早く夜になって仕舞えばいいと思う。

「おや、そっぽを向いた」とだれかが驚いた様に云った。

「事によると、今日ではないのかも知れない」

「この様子だと余程重大な予言をするんだ」

そんな事を云ってる声のどれにも、私はみんな何所《どこ》となく聞き覚えのある様な気がした。そう思ってぐるりを見ていると、柵の下に蹲踞《かが》んで一生懸命に私の方を見ている男

の顔に見覚えがあった。始めは、はっきりしなかったけれども、見ているうちに、段段解って来る様な気がした。それから、そこいらを見廻すと、私の友達や、親類や、昔学校で教わった先生や、又学校で教えた生徒などの顔が、ずらりと柵のまわりに並んでいる。それ等が、みんな他を押しのける様にして、一生懸命に私の方を見詰めているのを見て、私は厭《いや》な気持になった。
「おや」と云ったものがある。「この件は、どうも似てるじゃないか」
「そう、どうもはっきり判《わか》らんね」と答えた者がある。
「そら、どうも似ている様だが、思い出せない」

私はその話を聞いて、うろたえた。若《も》し私のこんな毛物になっている事が、友達に知れたら、恥ずかしくてこうしてはいられない。あんまり顔を見られない方がいいと思って、そんな声のする方に顔を向けない様にした。

いつの間にか日暮れになった。黄色い月がぼんやり懸かっている。それが段段青くなるに連れて、まわりの桟敷や柵などが、薄暗くぼんやりして来て、夜になった。

夜になると、人人は柵のまわりで篝火《かがりび》をたいた。その燄《ほのお》が夜通し月明りの空に流れた。人人は寝もしないで、私の一言を待ち受けている。月の面を赤黒い色に流れていた篝火の煙の色が次第に黒くなって来て、月の光は褪《あ》せ、夜明の風が吹いて来た。そうして、また夜が明け離れた。夜のうちに又何千人と云う人が、原を渡って来たらしい。柵のまわりが、昨日よりも騒騒しくなった。頻《しき》りに人が列の中を行ったり来たりしている。昨日よりは穏やかならぬ気配なので、私は漸《ようや》く不安になった。

間もなく、また白い衣物を着た男が、半挿を捧げて、私に近づいて来た。半挿の中には、矢張り水がはいっている。白い衣物の男は、うやうやしく私に水をすすめて帰って行った。私は欲しくもないし、又飲むと何か云うかと思われるから、見向きもしなかった。

「飲まない」と云う声がした。

「黙っていろ。こう云う時に口を利《き》いてはわるい」と云ったものがある。

「大した予言をするに違いない。こんなに暇取るのは余程《よほど》の事だ」と云ったのもある。

そうして後がまた騒騒しくなって、人が頻りに行ったり来たりした。それから白衣の男が、幾度も幾度も水を持って来た。水を持って来る間丈《だけ》は、辺りが森閑と静かになるけれども、その半挿の水を私が飲まないのを見ると、周囲の騒ぎは段段にひどくなって来た。そして益《ます》頻《ます》繁に水を運んで来た。その水を段段私の鼻先につきつける様に近づけてきた。私はうるさくて、腹が立って来た。その時又一人の男が半挿を持って近づいて来た。私の傍まで来ると暫らく立ち止まって私の顔を見詰めていたが、それから又つかつかと歩いて来て、その半挿を無理矢理に私の顔に押しつけた。私はその男の顔にも見覚えがあった。だれだか解らないけれども、その顔を見ていると、何となく腹が立って来た。

その男は、私が半挿の水を飲みそうにもないのを見て、忌《い》ま忌《い》ましそうに舌打ちをした。

「飲まないか」とその男が云った。

「いらない」と私は怒って云った。

すると辺りに大変な騒ぎが起こった。驚いて見廻すと、桟敷にいたものは桟敷を飛び下り、柵の廻りにいた者は柵を乗り越えて、恐ろしい声をたてて罵《ののし》り合いながら、私の方に走り寄って来た。

「口を利いた」

「到頭口を利いた」

「何と云ったんだろう」

「いやこれからだ」と云う声が入り交じって聞こえた。

気がついて見ると、又黄色い月が空にかかって、辺りが薄暗くなりかけている。いよいよ二日目の日が暮れるんだ。けれども私は何も予言することが出来ない。だが又格別死にそうな気もしない。事によると、予言するから死ぬので、予言をしなければ、三日で死ぬとも限らないのかも知れない、それではまあ死なないほうがいい、と俄《にわか》に命が惜しくなった。その時、駆け出して来た群衆の中の一番早いのは、私の傍迄近づいて来た。すると、その後から来たのが、前にいるのを押しのけた。その後から来たのが、又前にいる者

を押しのけた。そうして騒ぎながらお互に「静かに、静かに」と制し合っていた。私はここで捕まったら、群衆の失望と立腹とで、どんな目に合うか知れないから、どうかして逃げ度いと思ったけれども、人垣に取り巻かれてどこにも逃げ出す隙がない。騒ぎは次第にひどくなって、彼方此方《あちこち》に悲鳴が聞こえた。そうして、段段に人垣が狭くなって、私に迫って来た。私は恐ろしさで立ってもいてもいられない。夢中でそこにある半挿の水をのんだ。その途端に、辺りの騒ぎが一時に静まって、森閑として来た。私は、気がついてはっと思ったけれども、もう取り返しがつかない、耳を澄ましているらしい人人の顔を見て、猶《なお》恐ろしくなった。全身に冷汗がにじみ出した。そうして何時迄も私が黙っているから、又少しずつ辺りが騒がしくなり始めた。

「どうしたんだろう、変だね」

「いやこれからだ、驚くべき予言をするに違いない」

そんな声が聞こえた。しかし辺《あた》りの騒ぎはそれ丈《だけ》で余り激しくもならない。気がついて見ると、群衆の間に何となく不安な気配がある。私の心が少し落ちついて、前に人垣を作っている人人の顔を見たら、一番前に食《は》み出《だ》しているのは、どれも是も皆私の知った顔計《ばか》りであった。そうしてそれ等の顔に皆不思議な不安と恐怖の影がさしている。それを見ているうちに、段段と自分の恐ろしさが薄らいで心が落ちついて来た。急に咽喉《のど》が乾いて来たので、私は又前にある半挿の水を一口のんだ。すると又辺りが急に水を打った様になった。今度は何も云う者がない。人人の間の不安の影が益《ますます》濃くなって、皆が呼吸をつまらしているらしい。暫らくそうしているうちに、どこかで不意に、

「ああ、恐ろしい」と云った者がある。低い声だけれども、辺りに響き渡った。

気がついて見ると、何時の間にか、人垣が少し広くなっている。群衆が少しずつ後しさりをしているらしい。

「己《おれ》はもう予言を聞くのが恐ろしくなった。この様子では、件《くだん》はどんな予言をするか知れない」

と云った者がある。

「いいにつけ、悪いにつけ、
予言は聴かない方がいい。
何も云わないうちに、早く
あの件を殺してしまえ」

その声を聞いて私は吃驚した。殺されては堪《たま》らないと思うと同時に、その声はたしかに私の生み遺した倅《せがれ》の声に違いない。今迄聞いた声は、聞き覚えのある様な気がしても、何人《たれ》の声だとはっきりは判らなかったが、これ計りは思い出した。群衆の中にいる息子を一目見ようと思って、私は思わず伸び上がった。

「そら、件が前足を上げた」
「今予言するんだ」と云うあわてた声が聞こえた。その途端に、今迄隙間もなく取巻いていた人垣が俄に崩れて、群衆は無言のまま、恐ろしい勢いで、四方八方に逃げ散って行った。柵を越え桟敷をくぐって、東西南北に一生懸命に

逃げ走った。人の散ってしまった後に又夕暮れが近づき、月が黄色にぼんやり照らし始めた。

私はほっとして、前足を伸ばした。そうして三つ四つ続け様に大きな欠伸《あくび》をした。何だか死にそうもない様な気がして来た。

柳藻

春の末らしかった。あたたか過ぎる日の午後、空一ぱいに薄い灰雲が流れて、ところどころ、まだらなむらが出来て居た。西日の光りが雲の裏ににじみ渡り、坂や屋根や町なかの森に赤い影が散って居た。その影が薄くなったり濃くなったりして、しきりに動いた。風が坂の上から吹き下りた。私は風を嚥《の》みながら坂を上って行った。

　すると、坂の途中の横町から、ひょこりと婆が出て来た。砂風を避けて、少し横向きに顔を振っていた私の目の前に、旱《ひで》りで立ち干いた水伐《みずぐい》の様な姿を現わして、私の道を切った。赤い影が婆の顔にも落ちていた。婆の後から若い女の子がついて来た。赤い帯をしめて、片手に風呂敷包を抱えて、婆の足許《もと》を見ながら歩いて行った。婆は脣《くちびる》が一枚しか無さそうに見える口をへの字にまげて、邪慳《じやけん》に女の子を急がせていた。私がふと婆の顔を見た時、婆の瞳が私の顔のまわりに散っていた。私が自分の眼を早く外《そ》らせようとあせっている間に、婆の瞳は小渦《うず》を巻いて、私の目の底を射た。私はうろたえて、やっと目を伏せた。そうしてもう見まいと思った。婆の裾の外《はず》れからは、痩せた脚が二本、地面を突張っている。婆はその脚を棒切れの様に振りながら歩いた。脚は婆の隙をねらって、頻《しき》りに地面を突張ろうとしているらしい。婆は坂を下り出した。黄色い風が後から婆を包んだ。婆は風の粒の様に、風の真中を飛んで行った。女の子が次第に婆と離れて来た。私は、今だと思った。

　私は女の子の後を追うた。足を早めて行くとじきに、婆から女の子と、女の子から私との距離が同じくらいになった。それから又段段女の子に近づいて来て、とうとう私の手が女の子の袖に触れそうになった。すると女の子は後を向いて、泣き出しそうな顔をして私を見た。私は今はいけないんだなと思って、そのまま手をひいて、おとなしく、そっと女の子の後について行った。

うねうねした道を風に吹かれて行くと、何時《いつ》の間にか町が尽きてしまって、妙な野原に出た。向うの方に脊の低い松が一本生えていて、鶫《つぐみ》の群れがそこへ降りた。中に一羽非常に大きな、高い声をして鳴いているのがあった。空が薄く曇っているので、却《かえ》って平生よりは明かるい光が原一面に流れていて、向うの方の遠く迄、みんなはっきりと見えた。その中に脊の低い松が浮き上がったように鮮やかに樹《た》っている。婆と女の子がその松の方へ歩いて行った。私はこんな原を渡って行く婆の思わくが解らなくて、少し無気味になって来た。

けれども、私は休まずについて行った。辺《あた》りになんにもなく、又誰もいない。ただ一本の松の樹の方へ婆と女の子が行く丈である。私は早く婆から、女の子を引き離し度《た》いと思う。しかし婆は時時振り返って、女の子の方を見た。そうして女の子は素直に婆について行った。さっきからあんまり婆と離れもしない。私はもしかすると、女の子が私を捨てるつもりなのかも知れないと思い出した。

私はまた足ばやになって、女の子に追いついた。そうして、もう一度彼女の袖を引いて見た。女の子はまた泣きそうな眼をして私を拒み、そうしてすたすたと婆の後を追うた。私はこの原で婆を殺してしまおうと思った。

私は婆を殺す機会をねらいながら、後をつけて行った。すると空が段段薄暗くなって来た。

私は「造化精妙」と考えて次第に近づき、かたっと一打ちに婆を殺した。婆は手も足も折れて、死んでしまった。それから私は女の子の傍に行って、その手を握った。女の子の手は柔らかくてあたたかい。握ったところから女の血が伝わって、私の手が重たく熱くなる様な気がした。女の子は私に寄り添うて来て、一緒に歩いた。そうして広い広い原を何処迄も歩いて行った。何時の間にか原が尽きて、妙な浜へ出た。黒い砂の磯が見果てもなく続いている。変な、年寄りの髪の毛の様な草が、所所砂にべっとりと着いていた。向うは大きな池である。池の上の空は薄暗く暮れかかって居て悲しい。そのくせ池の水は底から明りが射《さ》している様に白く映《は》えていた。私は女の子の手を引いたまま、池の沖の方を見ていた。私はそこで何を待っているのだかわからない。辺りになんにもなく又誰もいない。私は一人いる様に淋しくて堪らなくなった。

「行こう」と私が云った。その声が慄《ふる》えた。私は又女の子の手を引いて、磯伝いに歩き出した。自分の声が耳に残って、私は泣きそうな気持になった。

そのうち、握っている女の子の手が、段段冷たくなって来た。私は気味がわるくなり出した。一緒に歩いているのに、女の子が頻りにとことこと、よろめく様な歩きぶりをした。私は心細くて堪らない。池の上の空が段段暗くなって来て、その影が明かるい水の表にうるみ出した。すると女の子が、かすれた様な泣き声で、身はここに心はしなのの善光寺という歌を歌い出した。かわいい女の子なのに、声丈《だけ》はすっかり婆である。私は水を浴びた様に思った。それからまだ向うの方へ歩いて行くと、磯に長い長い柳藻が打ち上げていて、根もとの方は水の中にかくれて居る。磯に上がった所丈《だけ》が枯れていて、足にからみついた。何本も何本も纏《もつ》れたように磯の砂にうねくって居る。私はこうして、この女の子を自分の傍に引き寄せたけれど、これが本当の私の女だかどうだか解らないと云うことをちらりと思った。すると手を引いている女の子が何だか声を出した。咳《せ》いたんだろうと思ったけれどもわからない。笑ったのかも知れない。私は又ひやりとした。女の子の心の底が、何となく怖ろしくなって来た。けれども、もう考えまい。そう思って私は女の子の手を力一ぱいに強く握り締めた。冷たい手がぽきりと折れた。私が吃驚《びっくり》して女の子を見たら、女の子だと思っていたのは、さっき原の中で殺した婆であった。

冥途

高い、大きな、暗い土手が、何処《どこ》から何処へ行くのか解らない、静かに、冷たく、夜の中を走っている。その土手の下に、小屋掛けの一ぜんめし屋が一軒あった。カンテラの光りが土手の黒い腹にうるんだ様な暈《かさ》を浮かしている。私は、一ぜんめし屋の白ら白らした腰掛に、腰を掛けていた。何も食ってはいなかった。ただ何となく、人のなつかしさが身に沁むような心持でいた。卓子《テーブル》の上にはなんにも乗っていない。淋しい板の光りが私の顔を冷たくする。

私の隣りの腰掛に、四五人一連れの客が、何か食っていた。沈んだような声で、面白そうに話しあって、時時静かに笑った。その中の一人がこんな事を云った。

「提灯《ちょうちん》をともして、お迎えをたてると云う程でもなし、なし」

私はそれを空耳で聞いた。何の事だか解らないのだけれども、何故だか気にかかって、聞き流してしまえないから考えていた。するとその内に、私はふと腹がたって来た。私のことを云ったのらしい。振り向いてその男の方を見ようとしたけれども、どれが云ったのだかぼんやりしていて解らない。その時に、外の声がまたこう云った。大きな、響きのない声であった。

「まあ仕方がない。あんなになるのも、こちらの所為《せい》だ」

その声を聞いてから、また暫《しばら》くぼんやりしていた。すると私は、俄《にわか》にほろりとして来て、涙が流れた。何という事もなく、ただ、今の自分が悲しくて堪らない。けれども私はつい思い出せそうな気がしながら、その悲しみの源を忘れている。

それから暫らくして、私は酢のかかった人参葉を食い、どろどろした自然生《じねんじよう》の汁を飲んだ。隣の一連れもまた外の事を何だかいろいろ話し合っている。そうして時時静かに笑う。さっき大きな声をした人は五十余りの年寄りである。その人丈《だけ》が私の目に、影絵の様に映っていて、頻《しき》りに手真似などをして、連《つ》れの人に話しかけているのが見える。けれども、そこに見えていながら、その様子が私には、はっきりしない。話している事もよく解らない。さっき何か云った時の様には聞こえない。

時時土手の上を通るものがある。時をさした様に来て、じきに行ってしまう。その時は、非常に淋しい影を射して身動きも出来ない。みんな黙ってしまって、隣りの連れは抱き合う様に、身を寄せている。私は、一人だから、手を組み合わせ、足を竦《すく》めて、じっとしている。

通ってしまうと、隣りにまた、ぽつりぽつりと話し出す。けれども、矢張《やは》り、私には、様子も言葉もはっきりしない。しかし、しっとりした、しめやかな団欒を私は羨ましく思う。

私の前に、障子が裏を向けて、閉《た》ててある。その障子の紙を、羽根の撚《よじ》れた様になって飛べないらしい蜂が、一匹、かさかさ、かさかさと上って行く。その蜂だけが、私には、外の物よりも非常にはっきりと見えた。

隣りの一連れも、蜂を見たらしい。さっきの人が、蜂がいると云った。その声も、私には、はっきり聞こえた。それから、こんな事を云った。

「それは、それは、大きな蜂だった。熊ん蜂というのだろう。この親指ぐらいもあった」

そう云って、その人が親指をたてた。その親指が、また、はっきりと私に見えた。何だか見覚えのある様ななつかしさが、心の底から湧き出して、じっと見ている内に涙がにじんだ。

「ビードロの筒に入れて紙で目ばりをすると、蜂が筒の中を、上ったり下りたりして唸る度《たび》に、目張りの紙が、オルガンの様に鳴った」

その声が次第に、はっきりして来るにつれて、私は何とも知れずなつかしさに堪えなくなった。私は何物かにもたれ掛かる様な心で、その声を聞いていた。すると、その人が、またこう云った。

「それから己《おれ》の机にのせて眺めながら考えていると、子供が来て、くれくれとせがんだ。強情な子でね、云い出したら聞かない。己はつい腹を立てた。ビードロの筒を持って縁側へ出たら庭石に日が照っていた」

私は、日のあたっている舟の形をした庭石を、まざまざと見る様な気がした。

「石で微塵《みじん》に毀《こわ》れて、蜂が、その中から、浮き上がるように出て来た。ああ、その蜂は逃げてしまったよ。大きな蜂だった。ほんとに大きな蜂だった」

「お父様」と私は泣きながら呼んだ。

けれども私の声は向うへ通じなかったらしい。みんなが静かに立ち上がって、外へ出て行った。

「そうだ、矢っ張りそうだ」と思って、私はその後を追おうとした。けれどもその一連れは、もうそのあたりに居なかった。

そこいらを、うろうろ探している内に、その連れの立つ時、「そろそろまた行こうか」と云った父らしい人の声が、私の耳に浮いて出た。私は、その声を、もうさっきに聞いていたのである。

月も星も見えない。空明りさえない暗闇の中に、土手の上だけ、ぼうと薄白い明りが流れている。さっきの一連れが、何時の間にか土手に上って、その白んだ中を、ぼんやりした尾を引く様に行くのが見えた。私は、その中の父を、今一目見ようとしたけれども、もう四五人の姿がうるんだ様に溶け合っていて、どれが父だか、解らなかった。

私は涙のこぼれ落ちる目を伏せた。黒い土手の腹に、私の姿がカンテラの光りの影になって大きく映っている。私はその影を眺めながら、長い間泣いていた。それから土手を後にして、暗い畑の道へ帰って来た。

春夏
秋冬
日没閉門
爾後ハ急用ノ外才斷
キ下サイマセヌ様ニ

内田百閒（うちだ・ひゃっけん）

一八八九年、岡山県岡山市生まれ。小説家。随筆家。東京大学独文科卒。夏目漱石の門下となり、『夏目漱石全集』の編集に従事した。また同じ門下の鈴木三重吉、小宮豊隆、森田草平、芥川龍之介らと交友を結ぶ。一九二二年、処女作『冥途』を刊行。その他に『百鬼園随筆』『旅順入城式』『阿房列車』『ノラや』『御馳走帖』『日没閉門』など多くの作品を遺した。

一九七一年没。

金井田英津子（かないだ・えつこ）

群馬県桐生市生まれ。画家、版画家、装幀家。個展、国際版画展などで版画作品を発表するかたわら、愛好する近代日本の文学作品を画本にしている。画本の作品として、萩原朔太郎著『猫町』、夏目漱石著『夢十夜』（以上、平凡社）、井伏鱒二著『画本 厄除け詩集』（長崎出版）、泉鏡花著『絵本の春』（朝日出版社）がある。装幀挿画、絵本の作品多数。二〇〇四年、『人形の旅立ち』で第一八回赤い鳥さし絵賞、第三八回造本装幀コンクール審査員奨励賞受賞。

冥途

二〇二一年五月一九日　初版第一刷発行

著　者　内田百閒
画・造本　金井田英津子
発行者　下中美都
発行所　株式会社平凡社
〒一〇一-〇〇五一
東京都千代田区神田神保町三-二九
電話　〇三-三二三〇-六五九三（編集）
　　　〇三-三二三〇-六五七三（営業）
振替　〇〇一八〇-〇-二九六三九
ホームページ　https://www.heibonsha.co.jp/

企画協力　中西洋太郎
編　集　野崎真鳥（平凡社）
印　刷　東光印刷所（本文）／株式会社東京印書館（カバー、表紙）
製　本　大口製本印刷株式会社

※本書は『冥途』（二〇〇二年、パロル舎刊／二〇一三年、長崎出版刊）を新装復刊したものです。

ISBN 978-4-582-83869-5　C0093
NDC分類番号913.6　A5変型判（21.6cm）　総ページ96
落丁・乱丁本のお取り替えは小社読者サービス係までお送りください
（送料小社負担）。

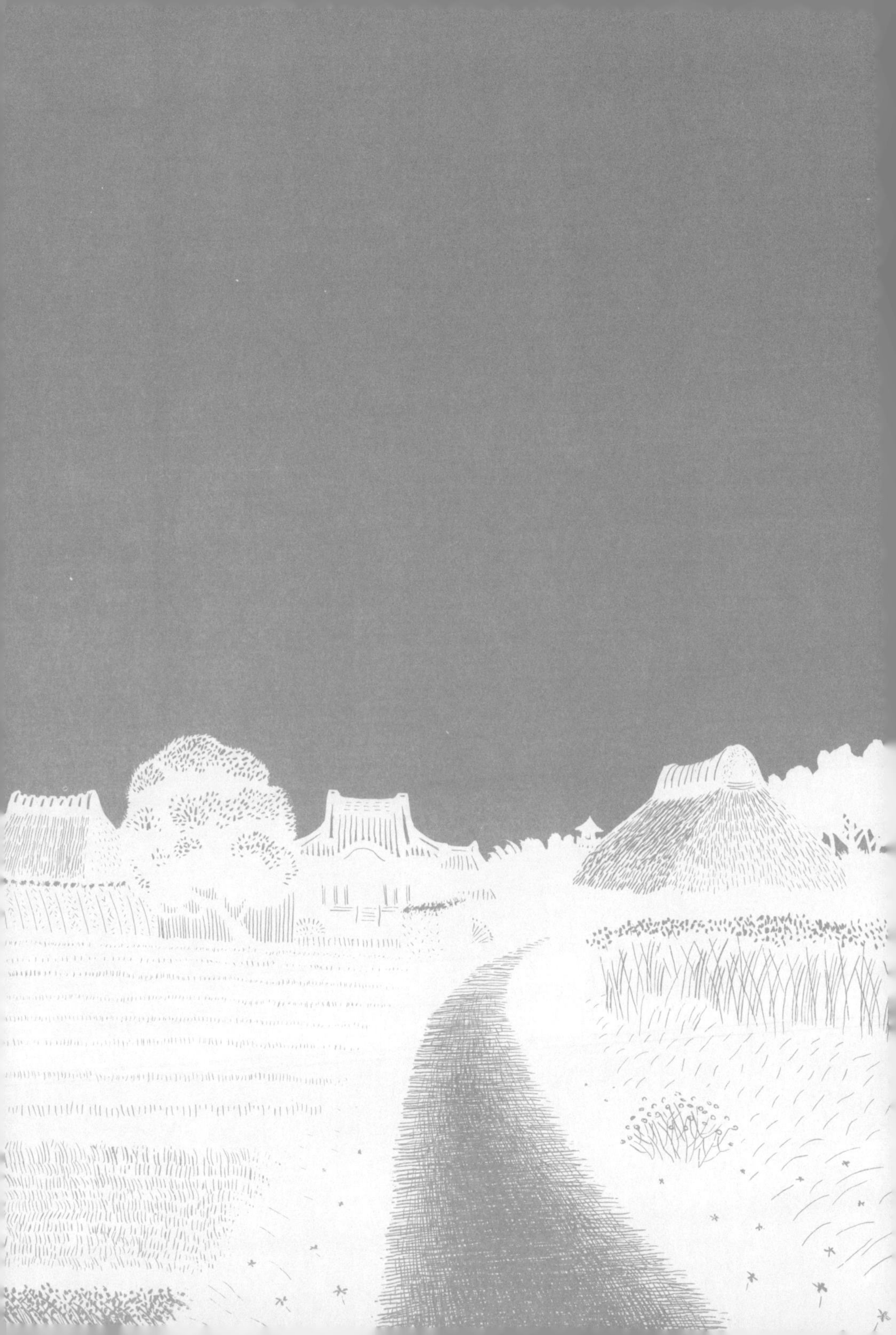